DENİ

Ayla

uçanbalık

Yazar: Ayla Çınaroğlu
Resimleyen ve Tasarlayan: Ayla Çınaroğlu
Yayın Yönetmeni: İlke Aykanat Çam
Baskı ve Cilt: Ertem Matbaa • 0 312 284 18 14
Birinci Basım: Mayıs 2009 (2000 adet)
İkinci Basım: Nisan 2011 (3000 adet)

ISBN: 978 - 975 - 587 - 156 - 1

www.ucanbalik.com.tr

DENİZE DOĞRU

Ayla Çınaroğlu

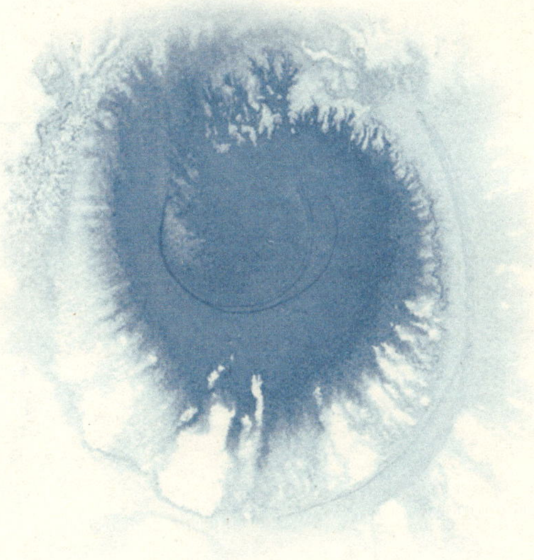

uçanbalık

Yol uzun, yük ağır...
Halil Dayı yorgun argın,
torbasında bir paket tuz, üç kilo toz şeker,
bir şişe zeytinyağı, üç beş zorunlu gereç
eve dönüyordu akşam çökerken, pazardan.
Tam eski tahta köprüden geçerken
alacakaranlıkta parıldayan
deniz topunu gördü dere kıyısında.
"Dur hele, o da ne?
Ooo, ne güzel top bu böyle!
Renkli, parlak, hem de hafif, kuş gibi."
Bir sevindi Halil Dayı, bir sevindi ki...
Yoksulluk ayıp değil,
cancağızı, küçük kızı; Esma'sı vardı aklında.
Kasabadan küçücük bir şey olsun alamamıştı ona.

“Esma, Esma, bak ne getirdim sana.”
Esma da sevinmez mi? Sevinir elbet!
Koşup atlamak istemez mi babasının boynuna?
İster, ister ama, Esma koşamaz ki.
Esma yürüyemez, duramaz ayakta.
Uzun yıllardır Esma'nın ayakları hasta...
Çakılı gibi yatar durur, çakılı gibi oturur
günler, geceler boyu yatakta.

Sevgiyle kucakladı deniz topunu Esma.
Bizim deniz topu da öylesine sevecen, duyarlı,
görür görmez anladı;
Esma'yla özdeşti yazgıları, duyguları.
İkisi de istençleriyle gidemezlerdi diledikleri yere.
İkisinin de özlemleri düşlerinde,
umuttan yoksun, beklemede...

Duyuramasa da deniz topu
seslendi kendi diliyle:
"Güzel Esma, haydi gözlerin gülsün,
bak, ben geldim sana.
Düşlerimde yok artık kumlar, denizler.
Benimle sen oyna, yeter.
Al beni, o güzel ellerinle at, tut, gül, oyna.
Kendimi adıyorum şimdi senin mutluluğuna."

Bir umutsuzluk, mutluluğa dönüşebilirdi ancak
bir başka mutsuzluğa sevinç katarak.
Esma güldü,
deniz topu güldü,
sarmaş dolaş oldular.
Sonra topu havaya attı Esma, havada tuttu.
Gene attı, gene tuttu, gene attı...
Ama tutamadı bu kez,
yuvarlandı gitti top, Esma ardından baktı.

Anası, babası koşup geldiler, verdiler ya eline topu,
Esma bir hoş oldu.
Uyanır gibi bir tatlı düşten
sarıldı kaldı topa, atamadı bir daha.

Sonra usulca deniz topunun hava tıpasını açtı.
Sessiz bir çığlık, bir fısıltı odada döndü dolaştı:
"Esma, neden söndürdün beni?
Keşke konuşabilseydik seninle,
anlayabilseydik birbirimizi.
İşte, verdiğim son solukla
bilincim yitip gidiyor.
Dilerim bir gün yeniden şişirirsin,
bana yeniden can verirsin;
yeniden diriltirsin..."

Verdiği son solukta,
aldığı ilk solukla başlayan
kısacık yaşamı geçti düşleminden deniz topunun.
Sonra bilincini yitirdi usulca, yavaş yavaş...

İlk soluğunu bir eczacı kalfasının soluğundan almıştı.
Eczacı bey:
"Oğlum Sabri," demişti,
"şu deniz topunu şişiriver de bari
koyalım vitrine.
Pek alıcı çıkmaz ya bu dolaylarda,
çeşit bulunsun işte."

Deniz topu da deniz topuydu ha,
beğenilmeyecek gibi değildi.
Parlak mı parlak, dilim dilim, renk renk;
kırmızı, yeşil, mavi, sarı; alımlı mı alımlı...
Ne var ki bu küçük kasaba
denizden bir hayli uzaktı.
Üstelik pek de varsıl değildi halkı.
Böyle dikene taşa değse patlayan
çıtkırıldım topu kim alacaktı?..
Ama işte, hiç değilse süsler vitrinimi diye
yerleştirdi Eczacı Bey topu,
özenle uygun bir köşeye.

Deniz topu,
deniz topu olduğunu bile bile
istekle gelir oturur muydu hiç
bu köhne eczane vitrinine.
Yaşamının başlangıcında daha
üzgündü deniz topu, ağlamaklıydı.
"Ahh," dedi, "ne şanssızmışım meğer.
Durup dururken orda o koskoca denizler,
altın gibi kumlar, bembeyaz köpükler,
geldim buralara düştüm.
Bir deniz topuyum ben.
Götürün beni ne olur,
deniz kıyısına götürün."
Vitrinde ilaç kutuları
son derece ciddi ve suskundu;
anlamazlardı böyle şeylerden.
Oysa, süslü püslü şişesiyle kibirli kolonya
konuştu başköşede oturduğu yerden:
"İşte daha iyi ya,
hiç değilse daha uzun yaşarsın burada.
Deniz kıyısına gilsen, hıh,
iki günde işin bitiktir senin.
Çocukların eline düşmeye gör,
fısss, söner gidersin."

Kolonya ne anlardı denizden!
"Bin yıl çakılmak yerine burda,
bir gün yaşamaya razıyım
deniz kıyısında,"
dedi deniz topu kırgın bir sesle.
Dedi ve konuşmadı bir daha.

Bir deniz topu olacağına bir deniz kuşu olsaydı,
ah, bir kuş olsaydı eğer, fırlar giderdi.
Olabildiğince uzak olsun deniz,
olabildiğince yüksek dağlar olsun arada,
uçar giderdi doğru denize.
Ama devinimsiz bir deniz topuydu işte,
zorunluydu beklemeye.

Bekledi sabırla, günlerce, gecelerce.
Düşlerinde denizleri gördü hep;
geniş, sakin kumsalları, uysal mavi dalgaları
gönlünce.

Kasabanın haşarı çocukları
gelip gidip izlediler onu
günlerce camın ardından.
Doğrusu tümünün de gözü vardı bu parlak topta,
ama hiç birinin cebinden çıkan para
ulaşamıyordu etiketteki yüksek sayıya.
Sonunda, köşedeki aktardan
birer kaba top alıyorlardı kendilerine,
hem ucuz, dayanıklı hem de
taşa, dikene, kafaya, tekmeye.

Üç sıkı arkadaş, üç kafadar;
Sinan, Ali ve Cenk, söz birliği ettiler,
harçlıklarını biriktirdiler günlerce, birleştirdiler.
Sonra bir gün saydılar ki, tamam,
tam da topun fiyatına denk.
Eczaneye girdiler sonunda sevinçli, coşkulu,
biraz da ürkek, vitrindeki topu istediler.

"Ooo," dedi eczacı bey gülerek,
"para biriktirdiniz demek.
Alın bakalım, işte topunuz...
Ama biliyorsunuz, fazla zora gelmez bu,
özenli oynamanız gerek."

Sinan, Ali ve Cenk,
ellerinde deniz topu, yürüdüler.
"Biz üçümüz," dediler,
"elletmeyiz kimseye,
yalnızca biz oynarız.
Tekme, kafa vurmayız, patlatmayız."

Dere kıyısındaki düzlüğe indiler koşa koşa.
Bir Ali vurdu topa özenle,
bir Sinan,
bir Cenk,
sırayla,
incitmeden,
yalnızca elleriyle, parmak uçlarıyla.
Bir Ali,
bir Sinan,
bir Cenk...
Mutluydu deniz topu da havada.
Kumlara, denize değilse de,
yemyeşil çimlere düşüyordu, yumuşakça.

Böylece bir Ali vurdu topa,
bir Sinan, bir Cenk,
Bir Ali,
bir Sinan,
bir Cenk...
Keyifle, neşe içinde oynadılar bir süre.
Ama olmuyordu işte!..
Top dedin mi, şöyle gerilip gerilip de
olanca gücüyle bir şut çekebilmeliydi insan.

Kıyamadılar güzel toplarına, kıyamadılar önce.
Ama sonra, birden,
içten gelen bir dürtüyle
ve kaslarının son gücüyle
öyle bir tekme savuruverdi ki Sinan,
vayy topcağızın haline, vay aman!..
Yükseldi yükseldi de düşüverdi
taa ilerde, tam derenin içine.

Koşadursun topun ardından Ali,
koşadursun Cenk, koşadursun Sinan,
"Ohh!.." dedi deniz topu
unutup tekmenin acısını
suyun serinliğiyle, "Oh be!.."

Dere de küçük ama afacan mı afacan.
Topu görünce sevindi,
başladı akmaya daha bir canlı, daha neşeli.
"Hoş geldin güzel top," dedi,
"ne kadar da hafifsin.
Ne hoş, ne eğlenceli
seni böyle hoplatarak, zıplatarak
sırtımda taşımak."

"Ak güzel dere," dedi deniz topu, "ak, ak...
Yol boyu arkadaşlık ederiz,
oynarız, dertleşiriz.
Yeter ki ak, yeter ki götür beni de
gittiğin o güzelim sulara,
o sonsuz maviliğe."

O an durgunlaşır gibi oldu dere,
"Maviliğe mi?.." dedi derin bir acıyla.

"Yol çok mu uzun?" diye sordu deniz topu.
"Denizler çok mu uzak yoksa?
Ne olur izin ver, gideyim seninle birlikte.
Beklerim, dayanırım, hiç korkma."

"Ne güzel olurdu seni sonsuza dek
böyle sırtımda taşımak.
Evet, yolum çok uzun ve...
ne yazık ki... bunu söylemek çok zor
geçtiğim ovalarda, tarlalarda
her gün biraz azalarak,
her an zayıflayarak
küçük bir göle akmaktayım;
küçücük, hem de batak."

"Ah," dedi deniz topu,
"nasıl da umutlanmıştım,
nasıl da sevinmiştim sularına düştüğümde.
Sanmıştım ki her dere
sonunda ulaşır sonsuz bir suya;
engin bir denize."

"Keşke elimde olsaydı dilediğim yere akmak.
Keşke elimde olsaydı, dilediğim yere akıp özgürce
o bitimsiz denizlere karışmak.

Ama... dur, dur, şuraya bak,
şu köprüyü gördün mü?
İlerde üstümden aşan şu eski tahta köprüyü?
Bırakabilirsem seni yakınında bir yerde,
bakarsın, geçen biri görür, kurtarır. Neden olmasın?
Bakarsın alır götürür düşlediğin yere.
Haydi ama, davran biraz, bak yaklaşıyoruz.
Söğüt dalları eğilmiş sularıma, seni bekliyor sanki.
Umut yitirmenin zamanı değil şimdi,
haydi git, tutun, haydi!.."

"Seninle ne iyiydi dostluğumuz güzel dere.
İşte başardım, takıldım dallara.
Ama gitmek istemiyorum artık hiçbir yere.
Hep burda kalsam ne iyi,
hep senin yanında böyle."

Dereyle deniz topu
söyleşip durdular gün boyu.
Akşam karanlığı çökerken;
tüm renkleri silinirken doğanın,
deniz topunun renkleri
bir başka soydan geldiğini söylercesine
parlamaya başladı alacakaranlıkta, alabildiğine.
İşte o sıra, köye dönmekte olan Halil Dayı
Görüverdi, aldı getirdi topcağızı.

Esma tüm havasını boşalttı topun, kıvırdı, katladı,
yatağının altına bir köşeye sakladı.
Bir süre kapadı ellerini yüzüne,
yok, ağlamadı.
Bilse de gücün kaslarla sınırlı olmadığını
bir yanıyla küskündü, kırgındı.
Çevresine sezdirmekten kaçınsa da
yürüme, koşma özgürlüğüne prangalar vuran
bu acımasız engelle yaşama katılası yok gibiydi.
Dar çevresinde, bir kendi vardı engelli.

Henüz on üçündeydi, nasıl bilsindi ki
bedenlerde, beyinlerde, yüreklerde
görünen, görünmeyen
sayısız engelle kuşatılıydı insan;
engellerle kuşatılıydı yaşam.
Bu engelleri aşabilmenin yolu
mantığı kuşatan engellerden
kurtulmakla başlıyordu.
Nasıl bilsindi, on üçündeydi henüz;
yolun başındaydı Esma.

Ağlamadı,
nasılsa az sonra gelirdi komşu çocuklar.
Küçük Fatoş gelirdi, Salih gelirdi.
Nurdan, Hüsnü, Ender, ya da Selma
gelirlerdi ona derslerini sormaya.
Köyde başka kim bilebilirdi ki soruların yanıtlarını,
kim boyayabilirdi resimleri, haritaları en güzel,
kim çözebilirdi zor problemleri Esma'dan başka?..

Sonra işte kitapları vardı başucunda.
uzun zamanlar kısalır,
kısa zamanlar çoğalırdı kitaplarla.

Üstelik, nasılsa ablası Belma da geliyordu yakında.
Derdiyle dertli, sevinciyle coşkulu.
Öğrendiğini öğreten öğretmeni,
duyduğunu duyuran kulağı,
gördüğünü aktaran dünya gözü.
Kardeş dediğin can parçası.
Hele Esma için ablası
Esma'nın yürüyen yarısı.

Belma büyük kentte okuyordu, parasız yatılı.
Hem de birincilikle bitirmiş okulunu,
döndü geldi köyüne kıvançla, onurla.
Evcek düğün bayram ettiler o gelince,
hem kavuşma, hem onur sevinciyle.

Sarıldılar, söyleştiler.
Esma yaşarcasına dinledi ablasını,
unuttu kırgınlığını, dertlerini.
Anlattı, anlattı Belma;
evden ayrı geçen zorlu günler, özlemler,
yeni arkadaşlar, yeni kitaplar, yeni deneyimler...

Ders ders belleğinde biriken,
Esma'ya aktarılmayı bekleyen bilgiler
dile gelmeye başladı sonraki günlerde birer birer.

Daha bir hafta geçmemişti ki,
okul müdüründen bir mektup geldi Belma'ya.
Başarısına bir ödül; bir çağrı, Gençlik Yaz Kampı'na.
Yaz kampı demek, spor, şenlik, eğlence,
dostluk, arkadaşlık, dinlence...

Anası, babası sevindi,
az şey mi böyle bir ödüle değer görülmek!..
İstediler ki gitsin.
Gitsin dinlensin, gitsin eğlensin Belma biraz.
Nasılsa yaşam boyu hep kardeşiyle evde kalamaz.
Belma da sevindi doğallıkla.
Sevindi, ama kırık bir sevinçti onunki.
Kardeşi yataklarda bir kış boyu onu beklemişken
nasıl kalksın da gitsindi?..

Esma da sevindi oysa:
"Git ablacığım, git.
Sen git ki anlat bana da.
Sen gitmezsen, sen görmezsen
ben nasıl bilirim, nasıl öğrenirim,
nasıl yaşarım oraları?
Sen git ki bana da bir coşku, bir sevinç,
bir soluk getir. Hem bak,
benim de bir armağanım var sana.
İşte burda, yatağımın altında."

Belma aldı sönük deniz topunu,
okşadı yaralı bir kuşu okşar gibi,
sarıldı, öptü kardeşini.
Sonra da kısacık yanıtını yazdı okula,
gidip postaya verdi.

“Haydi, hazırlan artık Belma,
olan üç beş giysini koy çantana.
Şurda kaç gün kaldı ki yolculuğa.”

Suskundu Belma,
hiç gidesi yok gibiydi.

Yolculuğa üç gün kala anlaşıldı
bu suskunluğun nedeni.
Bir otomobil durdu kapılarında, okul müdürü indi.

Herkes kuşkuyla bakınırken
Müdür Bey, iyi akşamlar diledi.
Sonra konuştu, biraz da özür dilercesine:
"Aslında bizim ayıbımız bu.
Doğrusu bilmiyorduk kardeşinin durumunu.
Çağrımızı geri çevirince araştırdık.
Anladık ki sen yalnızca öğrenci olarak değil
bir öğretmen olarak da ödülü hak ediyorsun.
Anladık ki kardeşin; senin öğrencin de
başarıyla donanmış senin öğretinle.
Bilgisiyle, sevecenliğiyle ünü köye yayılmış meğer.
Anlaşıldı ki kardeşin de senin gibi,
en az senin kadar ödüle, övgüye değer.
O da bir sınavla, önümüzdeki yıl mutlaka
hak ettiği yerden başlamalı okula."

Gözleri parladı sevinçten Belma'nın,
yanakları al al oldu:
"Ah, ne güzel, ne iyi olurdu.
Bilseniz ne çok yalvardık, üsteledik ama,
ne yazık ki kardeşim gelmek istemiyor okula
annemin ya da babamın sırtında.
Yük olmak istemiyor o hiç kimseye."

"Yük olmayacak bundan böyle," dedi Müdür Bey,
"Kendi kendini taşıyabilecek,
kendi kendine gidebilecek dilediği yere.
Gidebilecek, okuluna da
Gençlik Yaz Kampı'na da, seninle birlikte."
"Kampa mı?.. Nasıl?.. Ama..."
"Evet, ikiniz de çağrılısınız bundan böyle,
ve, işte kardeşinin asıl ödülü burada."

O da ne?..
Otomobilden bir şey indiriyor Müdür Bey;
bir tekerlekli sandalye!..

Besbelli bacaklarının da gayretini yüklenerek
kısa sürede güçlenecekti çelimsiz kolları Esma'nın.
Güç değildi yönetmek tekerlekli sandalyeyi,
iki gün içinde alıştı, dirildi, canlandı, hazırlandı Esma.
Sonra, otobüse binerken katlandı sandalye,
çantalarla birlikte bagajda yerini aldı.

Otobüs doluydu yarı yarıya.
İki kardeş, yaşıtlarıyla birlikte, yan yana,
neşeyle, coşkuyla çıktılar yola.

Yol üstü bir başka kasaba...
Bir başka tekerlekli sandalye,
Bir engelli genç daha...

Önce biraz yabansı baktılarsa da
yabancı değillerdi birbirlerinin engellerine.

Kampa ulaştıklarında, biri daha,
biri daha, biri daha...
Kamp, birçok engelliyi toplamıştı bir araya.
Yeni arkadaşlıklar, yeni sevinçler demekti;
deniz, yepyeni bir özgürlüktü hasta bacaklara.

İşte şimdi, tüm gerçekliğiyle
hazırdılar birlikte engelleri aşmaya.
Dile geldikçe, paylaşıldıkça önem yitirecekti
birikmiş, derinlerde gizlenmiş acılar,
yürek acıtan kuşkular, sorunlar.

Deniz topu nerden bilsin olup biteni?
Nerden bilsin nereye gittiğini?
Belma'nın çantasının içinde
derin uykudaydı bilinç ötesinde.

Yeni bir yaşama başlar gibi, derin soluklarla
yeniden şişirmeye başlayınca onu Belma,
denizin kokusunu duyar gibi oldu önce:
"Ne oldu, nerdeyim ben?
Bir düş mü bu yoksa?.." derken,
masmavi denizi gördü karşısında birden.
İşte güneş, işte dalgalar, işte köpükler,
işte boydan boya kumsal,
işte koşan, oynayan çocuklar...

Derin bir soluk daha aldı
Belma'nın sıcak soluğundan:
"Ohh, başardım,
başardım işte!.."

Toplandı çocuklar, koskoca bir halka oldular.
Deniz topu da, mutlu mu mutlu,
yükseldi havalara.
Birer küçük ürperti bırakarak
dokundu birer birer çocukların parmak uçlarına.
Sonra bir düşü anımsar gibi sordu kendi kendine:
"İyi ama, Esma nerede?"
Güçlü bir vuruşla az daha yükseldiğinde,
ilerdeki düzlükte gördü Esma'yı.
Tekerlekli sandalyelerinde
koşuşturan gençlerin arasındaydı.
Ortalarında yeni, dayanıklı,
oyun kurallarına uygun bir el topu.
Coşkuyla sürüyordu sandalyesini bir o yana, bir bu yana.
İşte mutluydu Esma, ışıl ışıl gülüyordu.

Şimdi işte, daha da mutluydu deniz topu.
Bıraktı kendini, yükseldi havalara.
Seslendi çocuklara ve rüzgâra:
Haydi, daha yükseklere, daha yükseklere...
Es rüzgâr, daha uzaklara, daha uzaklara..."

Kırmadı onu çocuklar, kırmadı ruzgâr.
"Denize, denize!.."
Deniz topu uçtu, uçtu ve denize kavuştu.
Dalgalar hızla alıp götürdüler onu karadan.

Deniz üstünde giderek uzaklaşan topun ardından
şaşkın şaşkın bakan gençler kalakaldılar:
"Nerden çıktı şimdi bu güçlü esinti?
Neden birden kabardı bu dalgalar?.."

Eh, her şeyin bir nedeni vardı doğallıkla,
ama kimi nedenleri gerek var mıydı sorgulamaya?
Yaşam sürüyordu, sürecekti yalnızca.